Bel ami

FichesdeLecture.com

BEL AMI
(FICHE DE LECTURE) 4

I. INTRODUCTION

II. RÉSUMÉ DU ROMAN

Première partie

Deuxième partie

III. PRÉSENTATION DES PERSONNAGES PRINCIPAUX

Georges Duroy

Charles Forestier

Madeleine Forestier

Clothilde de Marelle

Monsieur Walter

Virginie Walter

Suzanne Walter

IV. THÉMATIQUES DE LECTURE

La place des femmes dans Bel-Ami

L'argent

Le roman de l'arrivisme

DANS LA MÊME COLLECTION EN NUMÉRIQUE 11

À PROPOS DE LA COLLECTION 19

Bel ami
(Fiche de lecture)

I. INTRODUCTION

Bel-Ami est un roman écrit par Guy de Maupassant (1850-1893) et publié dans la revue *Gil Blas* sous forme de roman-feuilleton du 6 avril au 30 mai 1885. L'action se déroule à Paris au XIXe siècle, c'est-à-dire en pleine Révolution Industrielle. Il retrace l'ascension sociale d'un jeune arriviste, Georges Duroy.

S'il a suscité des critiques violentes et des attaques dans la presse, c'est parce que Maupassant connaît bien les milieux qu'il attaque dans son roman. Lui-même a été chroniqueur et a enquêté et écrit de nombreuses fois sur les milieux politiques et financiers.

II. RÉSUMÉ DU ROMAN

Première partie

Chapitre I

Georges Duroy, un ancien sous-officier hussard, se promène de rue en rue alors que l'argent vient à lui manquer. Le beau jeune homme, peu scrupuleux par ailleurs, rencontre alors un ancien ami rencontré au régiment, un dénommé Forestier, qui est rédacteur politique pour la revue *La vie française*. Ce dernier l'invite à venir dîner chez lui.

Chapitre II

Forestier le recommande à son directeur, M. Walter. Georges Duroy est donc employé en tant que pigiste pour le journal.

Chapitre III

Engagé au journal, il est aidé par Madeleine Forestier, la femme de son ami.

Chapitre IV

Il débute donc en tant que reporter.

Chapitre V

Duroy fait alors la connaissance de Mme de Marelle, une amie des Forestier, femme très charmante dont la fille surnomme Duroy « Bel-ami ».

Chapitre VI

La carrière journalistique de Duroy progresse bien. Son tempérament séducteur le pousse à courtiser Madeline, puis Mme Walter elle-même.

Chapitre VII

Il est amené à se battre en duel avec un confrère.

Chapitre VIII

Duroy passe un pacte d'entraide avec Madeleine, alors que Forestier est mourant.

Deuxième partie

Chapitre I

Duroy peut finalement épouser Madeleine. Grâce à elle, il progresse toujours plus dans le domaine journalistique et politique.

Chapitre II

Il devient le nouveau directeur politique de la revue *La vie française*, et prend le nom de Du Roy de Cantel.

Chapitre III

M.Walter utilise son influence au maximum. Pendant ce temps, sa femme est mêlée à des affaires politiques et financières. D'ailleurs, Du Roy s'aperçoit qu'elle est courtisée par un député. Jaloux, il décide de séduire la femme de Walter.

Chapitre IV

Celle-ci finit par lui céder et devient sa maîtresse.

Chapitre V

Mais il se lasse très vite. Virginie Walter cherche à le retenir. Pour cela, elle trahit son mari et dévoile ses plans à Du Roy, lui permettant de s'enrichir en Bourse.

Chapitre VI

Du Roy, en bon arriviste, profite de sa nouvelle vie en tant qu'homme fortuné. D'ailleurs, il augmente ses possessions financières en soutirant de l'argent à Madeleine à partir de l'héritage du Comte de Vaudrec, un ancien amant millionnaire.

Chapitre VII

Insatiable malgré l'argent qu'il a déjà accumulé, Du Roy rêve toujours d'être l'égal de Walter. Il décide alors de séduire la cadette de son patron, prénommée Suzanne.

Chapitre VIII

Afin de se débarrasser de Madeleine, Du Roy élabore un plan : il fait passer un flagrant délit d'adultère la dénonçant, elle et le ministre des Affaires étrangères (l'anciennement député Laroche-Mathieu).

Chapitre IX

Or ce ministre est très lié à Walter ; désormais, Du Roy a le pouvoir. Puis il obtient Suzanne.

Chapitre X

Ce dernier chapitre montre comment il arrache le consentement forcé de Walter, qui lui donne sa fille en mariage. La cérémonie a lieu à la Madeleine au mois d'octobre 1883. Maupassant achève son roman sur la promesse de triomphes à venir dans la vie de l'arriviste.

III. PRÉSENTATION DES PERSONNAGES PRINCIPAUX

Georges Duroy

Le personnage principal du roman n'est pas un héros, loin de là. Arriviste, séducteur et sans scrupules, il arrive à Paris à l'âge de 25 ans pour y trouver fortune. Il va y parvenir grâce aux femmes avec lesquelles il a des aventures, qui l'hébergent ou le propulsent dans sa carrière par nombre de machinations. L'aboutissement de son ascension est son mariage avec la fille de son directeur, Suzanne Walter. Duroy est présenté comme un bel homme. D'abord timide et peu sûr de lui, il perd peu à peu ces caractéristiques pour devenir l'arriviste sans gêne du roman. De plus en plus machiavélique, Bel-Ami devient extrêmement riche et influent.

Charles Forestier

Ancien ami de Duroy, Forestier lui permet d'entrer au journal. Dès le début, il est un modèle et un objet de convoitise pour Duroy, qui ne cessera jamais de le jalouser et de chercher à l'égaler, même après que ce dernier soit décédé.

Forestier est quelqu'un d'instable, car il est fragile et de nature inquiète. Il doit notamment sa réussite en tant que journaliste à sa femme, qui écrit une partie de ses articles.

Madeleine Forestier

Après la mort de son mari, elle épouse Duroy. Journaliste ambitieuse, elle est aussi passionnée de politique, au point de s'engager dans des affaires douteuses. Sa fortune va lui être arrachée par Duroy. C'est un portrait de femme très moderne que nous livre Maupassant ; le mystère reste presque entier à son sujet, ce qui permet de développer une fascination chez le lecteur.

Clothilde de Marelle

Maîtresse pour un temps de « Bel-Ami » (sa première conquête parisienne, d'ailleurs), Clothilde est à la fois bohème et sensuelle, sincère et passionnée. Elle se montre très disposée à profiter des plaisirs de la vie.

Monsieur Walter

Il dirige la *Vie Française.* À l'image de son journal, il est attiré par l'argent et la politique. Il a tendance à être malhonnête et gredin pour arriver à ses fins (souvent, la quête du profit). Il est dépassé par Bel-Ami, ce qu'il comprend d'ailleurs assez tôt dans le roman, comme s'il reconnaissait sa défaite à venir.

Virginie Walter

La femme de Walter est une cible facile pour Duroy. Bien que sincère, elle est plutôt maladroite et faible, puisqu'elle échappe de peu à la folie. Femme déchirée, elle souffre de ses relations avec les hommes. C'est en tout cas grâce à elle que Du Roy passe du statut de petit reporter à une place importante dans le journal.

Suzanne Walter

L'épouse finale de Du Roy est la fille de M. et Mme Walter. La jeune femme est naïve et a été élevée dans ses rêveries. Elle est donc sans défense et naïve face à l'arriviste, ce qui laisse présager de son avenir.

IV. THÉMATIQUES DE LECTURE

La place des femmes dans *Bel-Ami*

Sans les femmes, Duroy ne serait arrivé à rien dans sa carrière ni dans l'ensemble de son existence. S'il lui arrive de fréquenter des prostituées au début du roman, en revanche, dès le second chapitre, des figures féminines plus influentes interviennent. En fait, c'est le dîner organisé chez Forestier qui déclenche une nouvelle vague de conquêtes féminines déterminantes pour sa carrière.

Qu'il s'agisse de Madeleine, de Clothilde, de Virginie Walter ou de Suzanne, toutes ont quelque chose à lui fournir en matière de carrière ou de pouvoir en général.

Chacune de ces femmes incarne une représentation spécifique. Par exemple, Madame de Marelle symbolise une certaine indépendance et une femme qui vit pour elle-même, tandis que Rachel incarne la femme uniquement destinée aux autres.

L'argent

C'est l'un des thèmes majeurs du roman, que l'on retrouve aussi dans d'autres récits composés par Maupassant (comme, par exemple, dans *Une Vie*).

L'argent est le moteur essentiel de Du Roy, ce qui motive son arrivisme comme ses coups les plus malhonnêtes. La quête du profit et d'une richesse qui n'est jamais suffisante ou satisfaisante à ses yeux le pousse à élaborer toujours plus de machinations, et à séduire de nouvelles femmes.

Mais il n'est pas le seul dans cette quête affolée du profit, puisque Walter y participe aussi. La confrontation des intérêts des personnages renforce le caractère conflictuel de l'intrigue.

On trouve aussi dans le roman l'annonce anticipée des arnaques financières à grande échelle, à travers les combines élaborées à la Bourse. Ainsi Mme Walter permet d'évoquer la ruine de « petits rentiers qui ont placé leurs économies sur des fonds garantis par des noms d'hommes honorés, respectés, hommes politiques ou hommes de banques ». Cela paraît presque prémonitoire...

Le roman de l'arrivisme

En ce qu'il traite de l'arrivisme d'un jeune homme ambitieux fraîchement débarqué à Paris, Maupassant a donné une dimension particulière à son roman, celle d'un roman « expérimental ».

On y suit l'arrivisme du personnage principal, mais aussi de la société dans son ensemble, où « le monde est aux forts, où il faut être au-dessus de tout ». Vision pessimiste de Maupassant, qui semble renouer avec l'idée de jungle ou de la loi du plus fort.

Duroy est donc à l'image d'une société qui choque et dégoûte l'écrivain. C'est pourquoi il déclare d'ailleurs, lorsqu'il défend son roman face aux attaques de la presse : « Voulant analyser une crapule, je l'ai développée dans un milieu digne d'elle ». On voit donc que la presse est sévèrement attaquée par l'auteur. Comme certains critiques ont pu l'écrire, Duroy est à la presse « ce que l'huître est au rocher ».

Quoi qu'il en soit, l'ascension de Duroy est fulgurante. Le rythme et le style adoptés par l'auteur en sont révélateurs. On peut lister à une vitesse incroyable l'enchaînement des positions au sein du journal et des conquêtes féminines.

Ce thème d'un homme lancé dans une course effrénée au pouvoir dans une société qui encourage la recherche de l'argent et de la puissance n'est pas nouveau en littérature. On le retrouve chez Balzac, et le XIXe siècle travaille beaucoup sur ce sujet.

Nous ne sommes plus cependant dans le cadre de romans mettant en scène des illusions perdues après la recherche de l'argent ou d'une position, mais bien dans un roman de la réussite, où tous les coups sont permis, où toutes les machinations sont justifiables à condition qu'elles aboutissent.

Maupassant dénonce ainsi le vide spirituel de toute une époque, avec un pessimisme qui a fait couler beaucoup d'encre. Il ne faut toutefois pas réduire cette vision à l'influence du philosophe Schopenhauer sur Maupassant, comme cela a trop souvent été fait.

Dans la même collection en numérique

Les Misérables
Le messager d'Athènes
Candide
L'Etranger
Rhinocéros
Antigone
Le père Goriot
La Peste
Balzac et la petite tailleuse chinoise
Le Roi Arthur
L'Avare
Pierre et Jean
L'Homme qui a séduit le soleil
Alcools
L'Affaire Caïus
La gloire de mon père
L'Ordinatueur
Le médecin malgré lui
La rivière à l'envers - Tomek
Le Journal d'Anne Frank
Le monde perdu
Le royaume de Kensuké
Un Sac De Billes
Baby-sitter blues
Le fantôme de maître Guillemin
Trois contes
Kamo, l'agence Babel
Le Garçon en pyjama rayé
Les Contemplations

Escadrille 80
Inconnu à cette adresse
La controverse de Valladolid
Les Vilains petits canards
Une partie de campagne
Cahier d'un retour au pays natal
Dora Bruder
L'Enfant et la rivière
Moderato Cantabile
Alice au pays des merveilles
Le faucon déniché
Une vie
Chronique des Indiens Guayaki
Je voudrais que quelqu'un m'attende quelque part
La nuit de Valognes
Œdipe
Disparition Programmée
Education européenne
L'auberge rouge
L'Illiade
Le voyage de Monsieur Perrichon
Lucrèce Borgia
Paul et Virginie
Ursule Mirouët
Discours sur les fondements de l'inégalité
L'adversaire
La petite Fadette
La prochaine fois
Le blé en herbe
Le Mystère de la Chambre Jaune
Les Hauts des Hurlevent
Les perses
Mondo et autres histoires
Vingt mille lieues sous les mers
99 francs
Arria Marcella
Chante Luna

Emile, ou de l'éducation
Histoires extraordinaires
L'homme invisible
La bibliothécaire
La cicatrice
La croix des pauvres
La fille du capitaine
Le Crime de l'Orient-Express
Le Faucon malté
Le hussard sur le toit
Le Livre dont vous êtes la victime
Les cinq écus de Bretagne
No pasarán, le jeu
Quand j'avais cinq ans je m'ai tué
Si tu veux être mon amie
Tristan et Iseult
Une bouteille dans la mer de Gaza
Cent ans de solitude
Contes à l'envers
Contes et nouvelles en vers
Dalva
Jean de Florette
L'homme qui voulait être heureux
L'île mystérieuse
La Dame aux camélias
La petite sirène
La planète des singes
La Religieuse
1984 A l'Ouest rien de nouveau
Aliocha
Andromaque
Au bonheur des dames
Bel ami
Bérénice
Caligula
Cannibale
Carmen

Chronique d'une mort annoncée
Contes des frères Grimm
Cyrano de Bergerac
Des souris et des hommes
Deux ans de vacances
Dom Juan
Electre
En attendant Godot
Enfance
Eugénie Grandet
Fahrenheit 451
Fin de partie
Frankenstein
Gargantua
Germinal
Hamlet
Horace
Huis Clos
Jacques le fataliste
Jane Eyre
Knock
L'homme qui rit
La Bête humaine
La Cantatrice Chauve
La chartreuse de Parme
La cousine Bette
La Curée
La Farce de Maitre Pathelin
La ferme des animaux
La guerre de Troie n'aura pas lieu
La leçon
La Machine Infernale
La métamorphose
La mort du roi Tsongor
La nuit des temps
La nuit du renard
La Parure

La peau de chagrin
La Petite Fille de Monsieur Linh
La Photo qui tue
La Plage d'Ostende
La princesse de Clèves
La promesse de l'aube
La Vénus d'Ille
La vie devant soi
L'alchimiste
L'Amant
L'Ami retrouvé
L'appel de la forêt
L'assassin habite au 21
L'assommoir
L'attentat
L'attrape-coeurs
Le Bal
Le Barbier de Séville
Le Bourgeois Gentilhomme
Le Capitaine Fracasse
Le chat noir
Le chien des Baskerville
Le Cid
Le Colonel Chabert
Le Comte de Monte-Cristo
Le dernier jour d'un condamné
Le diable au corps
Le Grand Meaulnes
Le Grand Troupeau
Le Horla
Le jeu de l'amour et du hasard
Le Joueur d'échecs
Le Lion
Le liseur
Le malade imaginaire
Le Mariage de Figaro
Le meilleur des mondes

Le Monde comme il va
Le Parfum
Le Passeur
Le Petit Prince
Le pianiste
Le Prince
Le Roman de la momie
Le Roman de Renart
Le Rouge et le Noir
Le Soleil des Scortas
Le Tartuffe
Le vieux qui lisait des romans d'amour
L'Ecole des Femmes
L'Ecume Des Jours
Les Bonnes
Les Caprices de Marianne
Les cerfs-volants de Kaboul
Les contes de la Bécasse
Les dix petits nègres
Les femmes savantes
Les fourberies de Scapin
Les Justes
Les Lettres Persanes
Les liaisons dangereuses
Les Métamorphoses
Les Mouches
Les Trois mousquetaires
L'étrange cas du Dr Jekyll et de Mr Hyde
L'Ile Au Trésor
L'île des esclaves
L'illusion comique
L'Ingénu
L'Odyssée
L'Ombre du vent
Lorenzaccio
Madame Bovary
Manon Lescaut

Micromégas
Mon ami Frédéric
Mon bel oranger
Nana
Ne tirez pas sur l'oiseau moqueur
Notre-Dame de Paris
Oliver twist
On ne badine pas avec l'amour
Oscar et la dame rose
Pantagruel
Le Misanthrope
Perceval ou le conte du Graal
Phèdre
Ravage
Roméo et Juliette
Ruy Blas
Sa Majesté des Mouches
Si c'est un homme
Stupeur et tremblements
Supplément au voyage de Bougainville
Tanguy
Thérèse Desqueyroux
Thérèse Raquin
Ubu Roi
Un Barrage contre le Pacifique
Un long dimanche de fiançailles
Un secret
Vendredi ou la vie sauvage
Vipère au poing
Voyage au bout de la nuit
Voyage au centre de la terre
Yvain ou le Chevalier au lion
Zadig

Caligula

FichesdeLecture.com

CALIGULA (FICHE DE LECTURE) 4

I. PRÉSENTATION

II. RÉSUMÉ

III. ANALYSE DES PERSONNAGES

IV. AXES D'ANALYSE

Le mythe de Caligula

La liberté selon Caligula

L'absurde

DANS LA MÊME COLLECTION EN NUMÉRIQUE 10

À PROPOS DE LA COLLECTION 17

Caligula (Fiche de lecture)

I. PRÉSENTATION

Caligula est une pièce en quatre actes entamée en 1938, et publiée pour la première fois en mai 1944 aux éditions Gallimard. La pièce fera par la suite l'objet de nombreuses retouches. Elle fait partie, avec l'*Étranger*, 1942 et *le Mythe de Sisyphe*, 1942, de ce que l'auteur a appelé le « cycle de l'absurde ». La version définitive est la version en quatre actes de 1944, d'abord publiée conjointement avec *Le Malentendu* puis éditée seule la même année.

Caligula est représenté pour la première fois au théâtre Hébertot, à Paris. Les critiques ont comparé Caligula à Don Juan, Hamlet, Lorenzaccio et Rimbaud. Depuis 1945, la pièce, seul réel succès de Camus à la scène qu'il remania jusqu'en 1958, a souvent été montée en France et à l'étranger.

« La première, Caligula, a été composée en 1938, après une lecture des Douze Césars, de Suétone. Je destinais cette pièce au petit théâtre que j'avais créé à Alger et mon intention, en toute simplicité, était de créer le rôle de Caligula. Les acteurs débutants ont de ces ingénuités. Et puis j'avais 25 ans, âge où l'on doute de tout, sauf de soi. La guerre m'a forcé à la modestie et Caligula a été créé en 1945, au Théâtre Hébertot, à Paris. La critique française, qui a très bien accueilli la pièce, a souvent parlé, à mon grand étonnement, de pièce philosophique ».

II. RÉSUMÉ

Nous sommes à Rome, l'empereur Caligula est absent depuis trois jours, suite au décès de sa demi-sœur et amante Drusilla. Il est recherché dans tout Rome. Les patriciens commencent à s'inquiéter de cette absence.

De retour au palais il déclare qu'il a eu la révélation de l'absurdité de la condition humaine après la mort de sa sœur : « Les hommes meurent et ne sont pas heureux. »

Il devient alors assoiffé d'un pouvoir sans limites, imposant ainsi à tous la logique d'un empereur fou. Il est bien décidé à faire de son règne celui de l'impossible. Il décide d'instruire ses concitoyens : « Faire souffrir est la seule façon de se tromper ». Puis il proclame : « Dans l'empire romain, seul Caligula est libre au milieu d'un peuple d'esclaves ». Il entend exercer sa propre liberté contre l'ordre des humains et des dieux, nie le bien et le mal, se transforme en un tyran sanguinaire, bourreau de lui-même et des autres. Il accumule les extravagances et les crimes.

Trois ans plus tard, les sénateurs sont prêts à se révolter avec son ami, Cherea à leur tête. Ils en ont assez d'être bafoués et humiliés par Caligula. Dans ses actes cruels et sanguinaires, l'empereur ne recule pas devant le meurtre sauvage et gratuit. Il est aidé de sa maîtresse, Caesonia, et d'Hélicon, un ancien esclave libéré.

Dans sa folie, Caligula imite de manière grotesque les dieux et oblige les sénateurs à le vénérer. Hélicon lui annonce qu'un complot est en train de se tramer contre lui, Caligula convoque Cherea. Il décide de détruire la tablette, preuve de la conspiration, et devient ainsi le seul maître de sa mort. L'empereur étrangle Caesonia achevant sa sensation d'isolement, cela semble lui donner un goût de bonheur. Il va alors jusqu'au bout de sa logique et de sa liberté. Il se retrouve finalement seul, face à lui-même et dans un ultime dialogue devant son miroir, il contemple avec désespoir sa solitude et son échec avant que les conjurés ne l'assassinent. Caligula, conscient que sa « liberté n'est pas la bonne » nie sa propre mort en criant qu'il est encore vivant, menant l'absurde à son plus haut degré.

Camus dans ses *Carnets* a rédigé un épilogue : « *Non, Caligula n'est pas mort. Il est là, et là. Il est en chacun de vous. Si le pouvoir vous était donné, si vous aviez du cœur, si vous aimiez la vie, vous le verriez se déchaîner, ce monstre ou cet ange que vous portez en vous. Notre époque meurt d'avoir cru aux valeurs et que les choses pouvaient être belles et cesser d'être absurdes. Adieu, je rentre dans l'histoire où me tiennent enfermé depuis si longtemps ceux qui craignent de trop aimer* ».

III. ANALYSE DES PERSONNAGES

Comme son titre l'indique, Caligula et le personnage le plus important de la pièce on peut cependant distinguer deux groupes qui gravitent autour de lui.

Il y a ceux qui offrent un support inconditionnel à l'Empereur tels qu'**Hélicon** et **Caesonia**. Hélicon représente une loyauté sans failles et Caesonia reste fidèle à Caligula par amour. Il y a également le jeune **Scipion** qui admire Caligula, mais reste dubitatif à l'heure de prendre part dans une position face Caligula. Dans certaines scènes il le critique, mais ne prend pas part de la conspiration.

Puis il y a le groupe opposant composé des sénateurs vexés avec à leur tête **Cherea**. Ils souhaitent conserver leur stabilité, leur sécurité, leur bien-être, ils sont en quelque sorte ce que Caligula risque de devenir s'il ne meurt pas jeune. Ils forment la conspiration qui tue l'empereur.

Caligula est jeune, séduisant, intelligent, cultivé, sympathique, rageur, courageux, franc et habile. C'est un personnage complexe : à la fois un enfant émotif, tendre, obsédé d'impossible, et un monstre tyrannique, capable d'anesthésier son cœur. Il a aimé, mais en est désormais incapable, ne peut supporter de l'être et tue Caesonia parce qu'elle l'aime. Chez Camus il représente l'idéaliste déçu, qui à cause de son désespoir, décide de vivre à fond tout ce que le pouvoir lui permet.

Au fur et à mesure de la pièce, il apparaît à la fois désespéré et lucide : « Je n'ai pas pris la voie qu'il fallait, je n'aboutis à rien. Ma liberté n'est pas la bonne ». Ce personnage est plein de dualités : à la fois violent et souffrant, amoral et détestable. Il est le seul personnage à évoluer : de l'enfant qu'il a été au monstre qu'il est en train de devenir, à la fois angélique et diabolique, ange déchu qui trouve dans le mal sa dernière victoire.

Ayant assouvi tous ses désirs, il ne peut plus que mourir, que provoquer sciemment sa mort : c'est un suicide intelligent : « *Si sa vérité est de se révolter contre le destin, son erreur est de nier les hommes. On ne peut tout détruire sans se détruire soi-même* ».

IV. AXES D'ANALYSE

Le mythe de Caligula

Camus a emprunté à l'historien latin Suétone l'histoire du jeune empereur Caligula dans *Vie des douze Césars*. Fils de Germanicus et d'Agrippine l'Aînée, Caligula est l'arrière-petit-fils de l'empereur Auguste et le petit-neveu de l'empereur Tibère à qui il succède. Caligula devient soudain tyrannique et lunatique après seulement six mois de règne, mais cette version de l'« empereur fou » semble être infirmée par plusieurs auteurs modernes qui évoquent un empoisonnement possible. Le vrai Caligula a été un empereur romain corrompu qui enfreignit toutes les règles, qui a la plus mauvaise réputation. Il pratiqua l'inceste avec ses sœurs.

Caligula apparaît chez Suétone comme l'archétype du mauvais César, incestueux, avide, mégalomane, impie, cruel, sanguinaire, ivrogne et lascif. Camus a pris des libertés avec le vrai Caligula, ne le plaçant pas dans son véritable contexte impérial et historique et supprime de sa vie des personnages importants. Il nous présente ainsi le récit d'une tragédie d'un homme heurté à soi même qui se comporte, tout en utilisant son pouvoir, d'une manière tyrannique. Suétone décrit Caligula comme une personne laide, grosse, de haute stature et complètement chauve, étant son corps très poilu. En ce qui concerne Cherea, son caractère est également changé puisque Suétone l'a décrit avec une personnalité débile et même un peu efféminée.

Camus crée un Caligula complexe. Il proclame que « les hommes meurent et ils ne sont pas heureux » et sa rencontre avec la mort d'un être aimé le fait réfléchir et changer : « Les choses telles qu'elles sont, ne sont pas satisfaisantes ». Caligula se sert de son pouvoir dans le but tragique d'anéantir l'ordre établi, celui de son empire, l'ordre de la morale éternelle et, au-delà, le cours même de la nature. Mais, lorsqu'il a dépassé le seuil où tous les désirs sont accomplis, il ne peut que mourir, il ne peut que tout faire pour provoquer sa mort, qui est un suicide intelligent.

La liberté selon Caligula

« *La liberté absolue, sans normes, sans limites, l'expérience et l'affirmation tragique de la vie tenue jusqu'aux dernières conséquences, cela est le royaume de Caligula* ». Caligula se rend compte que les hommes meurent sans être heureux. Pour atteindre ce but seulement l'affirmation de la liberté absolue et de la révolte contre l'ordre ou la logique établie peut les aider. Caligula va, avec ses actions, provoquer une insécurité existentielle à ceux qui l'entourent, il va donner un autre sens à leur vie.

La liberté de Caligula est conçue en termes négatifs, c'est absence de tout lien et elle n'est propre qu'à l'Empereur. La mort de Drusilla a provoqué chez le jeune homme la conscience que tout sens a été évacué du monde. Il n'y a plus, pour Caligula, que deux sortes d'individus : ceux qui trompent la mort par le divertissement, ou qui sont d'une intelligence trop brute pour accéder à la conscience de la finitude, et ceux qui, comme lui, ont vu le néant, sont allés au-delà de l'imposture du langage. La liberté de Caligula est la liberté désespérée de l'être absurde qui vit dans un cauchemar, celui de la fuite du temps et du triomphe de la mort : rien n'est vraiment, car tout meurt, rien ne vaut. Cette vision de la liberté est une décision de révolte face à la privation de sens dont la mort de Drusilla lui révèle l'angoissante et désespérante vérité.

Caligula s'adjuge la liberté totale et se jure de l'exercer : « *Aujourd'hui et pour tout le temps qui va venir, ma liberté n'a plus de frontières* ». Il veut anéantir l'ordre établi, non pas seulement celui de son empire, mais l'ordre de la morale éternelle. Il fait s'écrouler toutes les valeurs, et voudrait influer sur le cours même de la nature. Exercer sa liberté, pour Caligula, c'est donc détruire le monde lui-même, son pouvoir qui ne peut s'étendre jusque-là, s'exerce tout au moins sur les êtres humains. Caligula tue, même et surtout, ceux qu'il aime.

L'absurde

L'absurde est au cœur de cette pièce, on le perçoit dans le scandale qu'est la mort. Caligula découvre la mort en perdant Drusilla. La condition humaine est absurde puisque Drusilla, la femme aimée, est morte : « *Je sais que rien ne dure ! Savoir cela !* » Caligula va donc aller jusqu'au bout de l'absurde en poussant la tyrannie jusqu'à ses limites.

Il est incapable de faire son deuil. Il représente l'homme absurde. Il n'accepte pas le monde tel qu'il est, car il dit que les hommes naissent, souffrent, meurent et ne connaissent pas le bonheur. Il veut être plus fort que les dieux qui, à son avis, sont mauvais. Bien qu'il soit empereur, il n'a aucun pouvoir qui lui permette de vaincre la mort. Pour y remédier, il décide d'être le destin, puisqu'il ne peut le vaincre. Sa liberté consiste à nier celle des autres. Et pour finir, il s'abandonne à la mort, de toute manière inéluctable, puisque tout homme est un être-pour-la-mort.

Dans la même collection en numérique

Les Misérables
Le messager d'Athènes
Candide
L'Etranger
Rhinocéros
Antigone
Le père Goriot
La Peste
Balzac et la petite tailleuse chinoise
Le Roi Arthur
L'Avare
Pierre et Jean
L'Homme qui a séduit le soleil
Alcools
L'Affaire Caïus
La gloire de mon père
L'Ordinatueur
Le médecin malgré lui
La rivière à l'envers - Tomek
Le Journal d'Anne Frank
Le monde perdu
Le royaume de Kensuké
Un Sac De Billes
Baby-sitter blues
Le fantôme de maître Guillemin
Trois contes
Kamo, l'agence Babel
Le Garçon en pyjama rayé
Les Contemplations

Escadrille 80
Inconnu à cette adresse
La controverse de Valladolid
Les Vilains petits canards
Une partie de campagne
Cahier d'un retour au pays natal
Dora Bruder
L'Enfant et la rivière
Moderato Cantabile
Alice au pays des merveilles
Le faucon déniché
Une vie
Chronique des Indiens Guayaki
Je voudrais que quelqu'un m'attende quelque part
La nuit de Valognes
Œdipe
Disparition Programmée
Education européenne
L'auberge rouge
L'Illiade
Le voyage de Monsieur Perrichon
Lucrèce Borgia
Paul et Virginie
Ursule Mirouët
Discours sur les fondements de l'inégalité
L'adversaire
La petite Fadette
La prochaine fois
Le blé en herbe
Le Mystère de la Chambre Jaune
Les Hauts des Hurlevent
Les perses
Mondo et autres histoires
Vingt mille lieues sous les mers
99 francs
Arria Marcella
Chante Luna

Emile, ou de l'éducation
Histoires extraordinaires
L'homme invisible
La bibliothécaire
La cicatrice
La croix des pauvres
La fille du capitaine
Le Crime de l'Orient-Express
Le Faucon malté
Le hussard sur le toit
Le Livre dont vous êtes la victime
Les cinq écus de Bretagne
No pasarán, le jeu
Quand j'avais cinq ans je m'ai tué
Si tu veux être mon amie
Tristan et Iseult
Une bouteille dans la mer de Gaza
Cent ans de solitude
Contes à l'envers
Contes et nouvelles en vers
Dalva
Jean de Florette
L'homme qui voulait être heureux
L'île mystérieuse
La Dame aux camélias
La petite sirène
La planète des singes
La Religieuse
1984 A l'Ouest rien de nouveau
Aliocha
Andromaque
Au bonheur des dames
Bel ami
Bérénice
Caligula
Cannibale
Carmen

Chronique d'une mort annoncée
Contes des frères Grimm
Cyrano de Bergerac
Des souris et des hommes
Deux ans de vacances
Dom Juan
Electre
En attendant Godot
Enfance
Eugénie Grandet
Fahrenheit 451
Fin de partie
Frankenstein
Gargantua
Germinal
Hamlet
Horace
Huis Clos
Jacques le fataliste
Jane Eyre
Knock
L'homme qui rit
La Bête humaine
La Cantatrice Chauve
La chartreuse de Parme
La cousine Bette
La Curée
La Farce de Maitre Pathelin
La ferme des animaux
La guerre de Troie n'aura pas lieu
La leçon
La Machine Infernale
La métamorphose
La mort du roi Tsongor
La nuit des temps
La nuit du renard
La Parure

La peau de chagrin
La Petite Fille de Monsieur Linh
La Photo qui tue
La Plage d'Ostende
La princesse de Clèves
La promesse de l'aube
La Vénus d'Ille
La vie devant soi
L'alchimiste
L'Amant
L'Ami retrouvé
L'appel de la forêt
L'assassin habite au 21
L'assommoir
L'attentat
L'attrape-coeurs
Le Bal
Le Barbier de Séville
Le Bourgeois Gentilhomme
Le Capitaine Fracasse
Le chat noir
Le chien des Baskerville
Le Cid
Le Colonel Chabert
Le Comte de Monte-Cristo
Le dernier jour d'un condamné
Le diable au corps
Le Grand Meaulnes
Le Grand Troupeau
Le Horla
Le jeu de l'amour et du hasard
Le Joueur d'échecs
Le Lion
Le liseur
Le malade imaginaire
Le Mariage de Figaro
Le meilleur des mondes

Le Monde comme il va
Le Parfum
Le Passeur
Le Petit Prince
Le pianiste
Le Prince
Le Roman de la momie
Le Roman de Renart
Le Rouge et le Noir
Le Soleil des Scortas
Le Tartuffe
Le vieux qui lisait des romans d'amour
L'Ecole des Femmes
L'Ecume Des Jours
Les Bonnes
Les Caprices de Marianne
Les cerfs-volants de Kaboul
Les contes de la Bécasse
Les dix petits nègres
Les femmes savantes
Les fourberies de Scapin
Les Justes
Les Lettres Persanes
Les liaisons dangereuses
Les Métamorphoses
Les Mouches
Les Trois mousquetaires
L'étrange cas du Dr Jekyll et de Mr Hyde
L'Ile Au Trésor
L'île des esclaves
L'illusion comique
L'Ingénu
L'Odyssée
L'Ombre du vent
Lorenzaccio
Madame Bovary
Manon Lescaut

Micromégas
Mon ami Frédéric
Mon bel oranger
Nana
Ne tirez pas sur l'oiseau moqueur
Notre-Dame de Paris
Oliver twist
On ne badine pas avec l'amour
Oscar et la dame rose
Pantagruel
Le Misanthrope
Perceval ou le conte du Graal
Phèdre
Ravage
Roméo et Juliette
Ruy Blas
Sa Majesté des Mouches
Si c'est un homme
Stupeur et tremblements
Supplément au voyage de Bougainville
Tanguy
Thérèse Desqueyroux
Thérèse Raquin
Ubu Roi
Un Barrage contre le Pacifique
Un long dimanche de fiançailles
Un secret
Vendredi ou la vie sauvage
Vipère au poing
Voyage au bout de la nuit
Voyage au centre de la terre
Yvain ou le Chevalier au lion
Zadig

À propos de la collection

La série FichesdeLecture.com offre des contenus éducatifs aux étudiants et aux professeurs tels que : des résumés, des analyses littéraires, des questionnaires et des commentaires sur la littérature moderne et classique. Nos documents sont prévus comme des compléments à la lecture des oeuvres originales et aide les étudiants à comprendre la littérature.

Fondé en 2001, notre site FichesdeLectures.com s'est développé très rapidement et propose désormais plus de 2500 documents directement téléchargeables en ligne, devenant ainsi le premier site d'analyses littéraires en ligne de langue française.

FichesdeLecture est partenaire du Ministère de l'Education du Luxembourg depuis 2009.

Plus d'informations sur www.fichesdelecture.com

www.fichesdelecture.com

ISBN: 978-2-511-02923-7

Notes :